猜猜海洋

文 林世仁
圖 Arwen Huang 阿文

目錄

一 猜猜海洋

猜猜海洋很淘氣，最愛玩「猜猜看」。所有漁夫一到猜猜海洋就頭痛，因為他們永遠猜不到自己會捕到什麼東西。

星期一，阿山把魚網撈上來，發現裡面全是山雞、野兔和山羊。

「猜猜海洋一定在做夢，以為自己是一座山！」阿山看著滿船的動物，一邊皺眉頭，一邊悄悄呼了一口氣，還好沒有捕到獅子和老虎！

星期二，阿田捕到三十三顆蘋果、五打柚子、八箱柿子和一百顆大西瓜。

「猜猜海洋想當農夫嗎？怎麼全是水果？」

阿田載著滿船水果回家，吃了好幾天還吃不完。

星期三，阿水網到一堆小餐具：茶杯、酒杯、咖啡杯、小碟子、圓盤子……各式各樣，應有盡有。

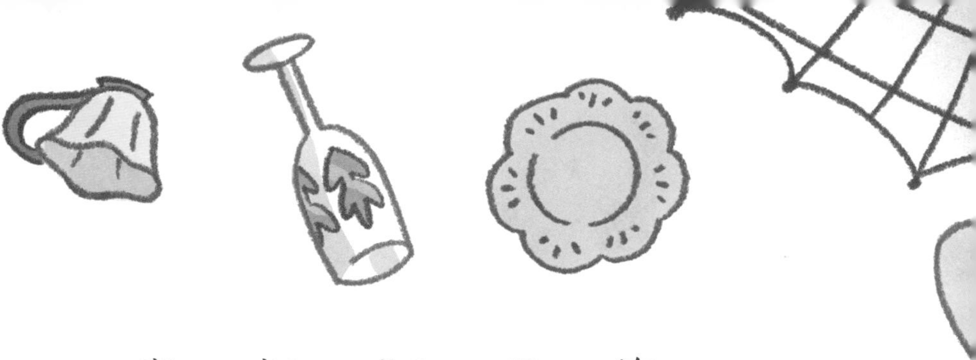

「奇怪，猜猜
海洋想請我喝茶、
玩辦家家酒嗎？」
阿水想不懂，直接
把小餐具拿到菜市場
賣。

星期四，阿家

網到一堆家具：

大圓桌、小方椅、

高鐵櫃、矮大床……

阿家把東西載回家，

鄰居還以為他要搬家。

星期五，阿童網到一堆皮球、水槍、布娃娃……各式各樣的玩具。

星期六，阿光網到一堆星星：流星、彗星、小行星……各式各樣的星星。阿光嚇呆了，趕緊把星星丟回海裡。他抬頭看看天空，好險！星星沒有少。

星期天，阿文網到
一百首小詩：

藍藍天空上，
一顆一顆的小星星，
是一座一座美麗的島。

海浪愛遠足，走啊走，
去給漁船搔搔癢！
走啊走，走到沙灘上面寫寫字！

藍是天空，藍是海洋，
藍是地球小小的夢。
海是最美的鏡子，
白雲、海鷗和飛機，
天天都來照鏡子。
只有星星、月亮最害羞，
晚上才敢出來偷偷照！

靜靜的夜裡，
什麼聲音響了起來？
由——遠——而——近，
滴——滴——答——答……
哇，天河的水聲流下來了！
「哈，猜猜海洋以為自己是詩人呢！」

阿文把這些詩，裝訂成好幾本書，拿到菜市場賣，可惜一本也沒賣掉。

就這樣，漁夫到猜猜海洋捕魚，每次把魚網拉上來，都會瞪大眼睛、張大嘴巴，驚訝得說不出話。

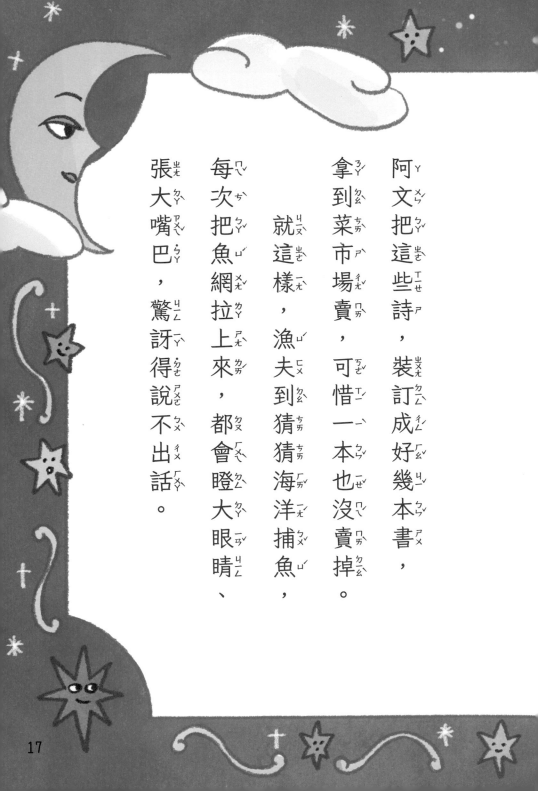

在猜猜海洋，漁夫彼此見了面，不是問：

「你吃飽了嗎？」、「你睡飽了嗎？」而是互相問：

「你今天捕到了什麼？」

然後，互相猜來猜去，

再一塊兒張大嘴巴

「啊——嗚——呀！」的

發出驚訝聲音，把捕到的怪東西，拿到菜市場賣。

唉，捕魚像玩猜謎。

漁夫不賣魚，卻一直賣山產、家具、玩具和詩集……實在太奇怪！

漁夫開始向老天爺祈禱，祈求猜猜海洋讓他們捕到真正的魚。

日子一天一天過去，日曆上的數字像魚一樣活蹦亂跳，變來變去。

有一天，漁夫發現他們

撈上來的，全是真正的魚——有頭有尾有魚鰭、大大小小、活蹦亂跳、如假包換！

漁夫開心極了，禱告成真，他們終於可以滿載而歸了。

日子愉愉快快的過去。

一個月、兩個月……一年、兩年……

漁夫再也沒有撈到什麼奇奇怪怪的東西，他們終於不必擔心，不必猜來猜去，不必再抱怨東、抱怨西了！

可是……時間一久，有些漁夫又開始懷念以前那段天天充滿「意外」的日子。

他們悄悄問猜猜海洋，能不能偶爾也變換出一點別的東西讓他們驚喜一下？

你猜——猜猜海洋怎麼說？它答應了嗎？才不呢！

猜猜海洋揚起白白的波浪，搖搖頭，一本正經的說：「對不起，我已經長大了，不玩猜謎遊戲啦！」

二 怪物在哪裡？

傻鴨兒提著包包往前走，小浣熊慌慌張張跑過來：「快逃啊，怪怪城裡有一棟房子著火了！」

「怪怪城的房子著火，我們為什麼要逃？」傻鴨兒不懂。

「因為著火的房子變成妖怪啦！」

小浣熊說：「它不但頭頂冒煙，尖聲怪叫，還拉著一長串房子，直直往森林裡衝過來！」

說完，小浣熊又慌慌
張張的跑遠了。
傻鴨兒聽了好害怕，
真想向後轉，跑回家。
可是……他要去參加怪
怪城的「新發明博覽會」，

森林裡，只有他收到邀請卡，
怎麼好意思不去？
傻鴨兒想了想，
只好硬著頭皮往前走。
　不一會兒，小白兔
一蹦一蹦跳過來：

「哇，山洞裡鑽出一個大熨斗，好長好長，冒著白煙往前衝，一邊嗚嗚叫，一邊在熨大地！好可怕，被它熨到一定完蛋！我要趕緊回家躲起來。」

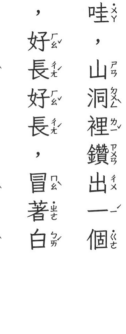

大熨斗？傻鴨兒可不怕熨斗，他偏著頭想，真可惜沒把棉被帶出來，不然就可以請大熨斗幫忙燙一燙。

傻鴨兒繼續往前走。

一隻小羊迎面跑過來。

「哇，平原上有隻大毛毛蟲，又大又長，跑得飛快，在跟動物比賽跑！」小羊興奮的說：「小狗跑不過他，小鹿追不上他。我要去找花豹跟他比一比，看看誰比較厲害。」

大毛毛蟲跟花豹賽跑？

那不是比龜兔賽跑更稀奇？傻鴨兒真想看一看。

可惜他不能停下來等。傻鴨兒看看邀請卡，上面要他準時到一個新地方。

一隻鴿子急急飛過來：「快逃啊，吃人妖怪來啦！」

「吃人妖怪？」傻鴨兒嚇一跳。

「對啊，吃人妖怪一路吃了好多人。這裡停一下，吃掉一堆人；那裡停一下，吃掉一堆人。停停吃吃，吃吃停停，吃了好多人還吃不夠，現在朝這裡

跑來，要來吃我們啦！」

「好險我是鴨子，不是人。」

傻鴨兒想，吃「人」妖怪應該不會吃鴨子吧。

傻鴨兒繼續走啊走，依著邀請卡的指示，來到一個小車站。

一輛蒸汽火車正好「ㄑ一 ㄑ一ㄤ ㄑ一 ㄑ一ㄤ！」開過來，停在傻鴨兒身邊。

蒸氣火車「嗚——」的鳴響汽笛，又開始「ㄑ一 ㄑ一ㄤ ㄑ一 ㄑ一ㄤ！ㄑ一 ㄑ一 ㄑ一ㄤ ㄑ一ㄤ！」往前跑。

長長的白色蒸氣，從火車頭冒出來，飄向高高的藍天。

傻鴨兒坐在窗邊，忍不住想：唉，真可惜！沒看到大熨斗，也沒看到毛毛蟲跟花豹賽跑。

不過，他想了一下，又覺得自己真是太幸運了！因為他既沒有碰到冒火的房子，也沒有碰到吃人的妖怪呢！

三 地牛翻身啦！

很久以前，天上住著一隻大白牛，海底住著一隻大海牛，地底

住著一隻大黃牛。只要天上的大白牛一翻身，就發生「天震」，海裡的大海牛一翻身，就發生「海震」，地底的大黃牛一翻身，就發生「地震」。

天震一來，不但小星星會「咻！咻！咻！」的變成流星掉下來，就連太陽、月亮也會被震歪——要是碰到陰雨天，連天空都會被震裂開來，掉下一堆外星人！

海震一來，一波一波的海浪全站起來，先衝向天空，噴得半天高，再落向海岸，把岸上所有的動物、植物，噴得半天高，再落向海岸，把岸上所有的動物、植物全捲進海裡，像洗衣服一樣，上沖下洗，

攪得一團亂，再吐回岸上，紅海還被震成兩半，分了開來呢！

地震一來，大地就左晃右搖，山也站不住，樹也倒下來，房子跟著垮，動物拚命逃，到處都亂成一團。

天震、海震、

地震天天輪流來，地球就像一個大搖籃，天天搖來晃去……

哇，住在上面的人類怎麼受得了！

人類召開會議，決定去找大白牛、大海牛和大黃牛，請求牠們別再翻來翻去。

人類首先去找大白牛。

大白牛說：「沒辦法，我一失眠、睡不著就想翻身。」

人說：「哦，那我們演奏好聽的音樂，唱好聽的歌給你聽，這樣，你可不可以好好睡覺呢？」

大白牛說：「沒問題！只要我能好好睡，我就不翻身。」

人類又去找大海牛，請求牠不要翻身。大海牛說：「我也不想翻身啊！可是海裡魚太多，牠們在我背上啄來啄去，搔得我好癢好癢，不翻

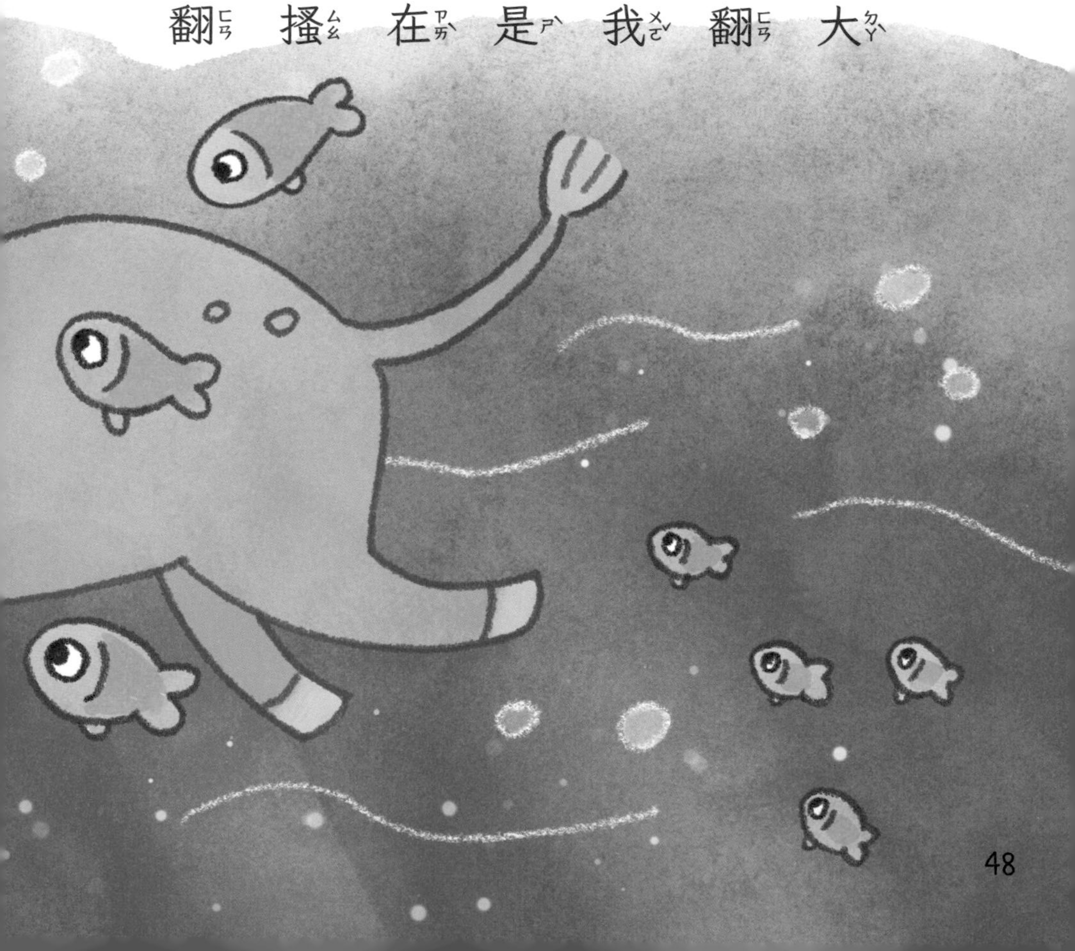

身止不了癢。」

人說：「如果我們到海裡捕魚，讓魚少一點，你可不可以不要翻身？」

大海牛說：「沒問題！只要我背不癢，我就不翻身。」

人類又去找大黃牛，請求牠不要翻身。

大黃牛說：「我也不想翻身，可是地底的石油、煤礦弄得我全身黏呼呼、髒兮兮，不得不翻身！」

人說：「如果我們把石油抽上來，把煤礦挖出來，你可不可以不要翻身？」

大黃牛說：「沒問題！只要身體不黏不髒，我就不翻身。」

於是，人開始創作各種好聽的音樂，唱好聽的歌。音樂和歌聲飄到天上，大白牛聽了睡得香甜，果然不再翻身。

天震消失了！

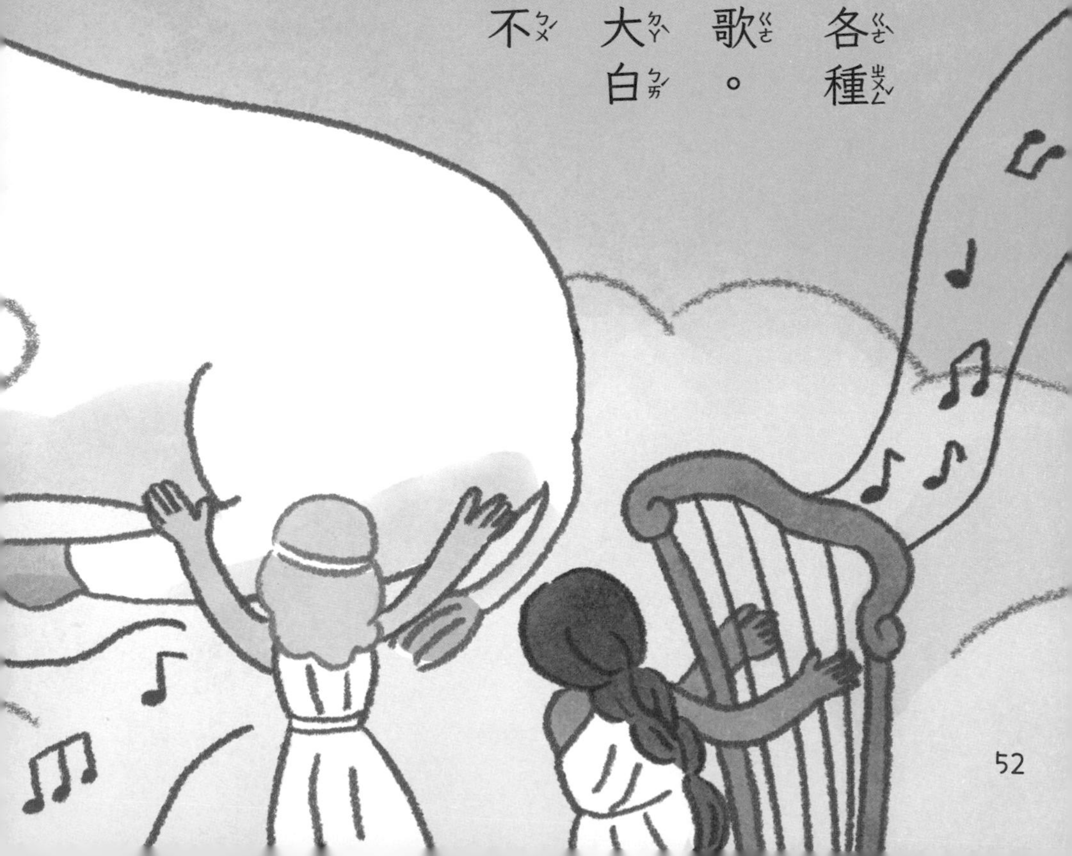

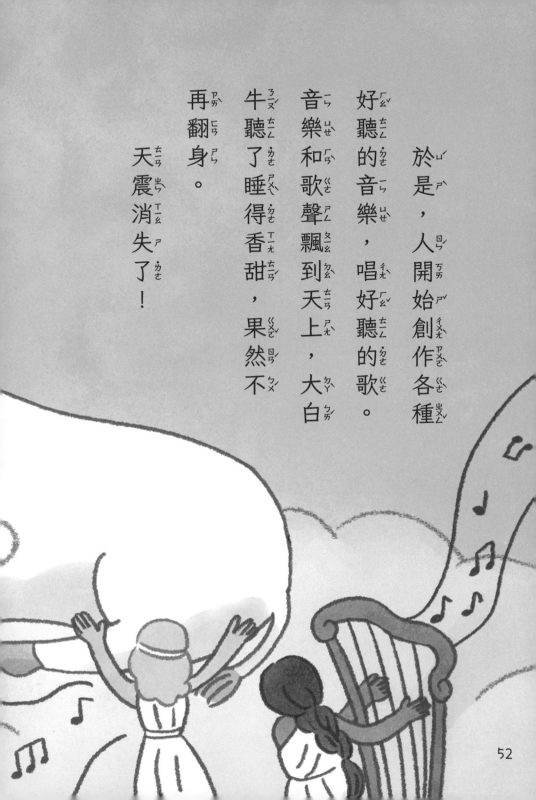

人又天天到海裡捕魚，捕起好多魚。大海牛背不癢，果然不再翻身。

海震消失了！

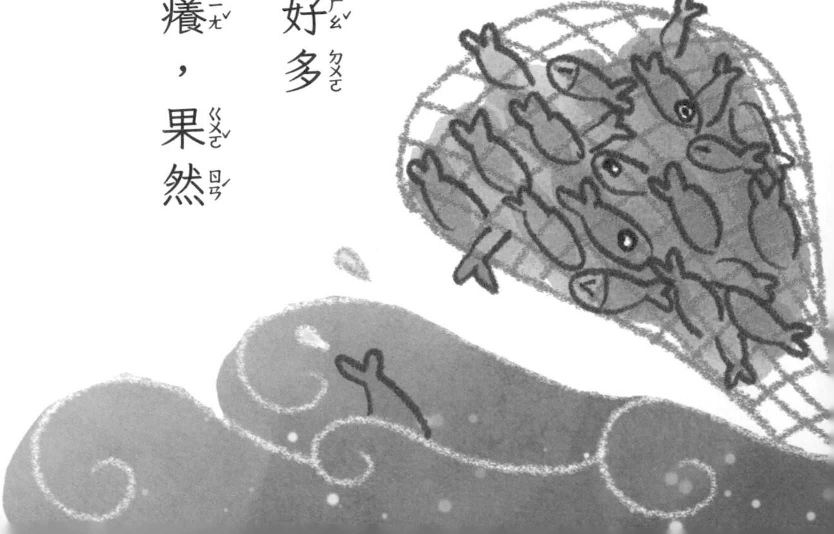

人又把石油抽上來，把煤礦挖出來，可是——地震卻沒有消失。

「咦？怎麼還有地震？」

人覺得好奇怪又好生氣。

他們氣呼呼的去找大黃牛評理：

「你怎麼可以，說話不算話？」

「說話不算話怎麼樣？

我就愛翻身怎麼樣？」

大黃牛一邊翻身，

一邊說：「我隨便

說，你也信？活該！」

這就是為什麼地震沒有消失，為什麼有人說話不算話，我們就會生氣罵他：「你怎麼可以黃牛！」

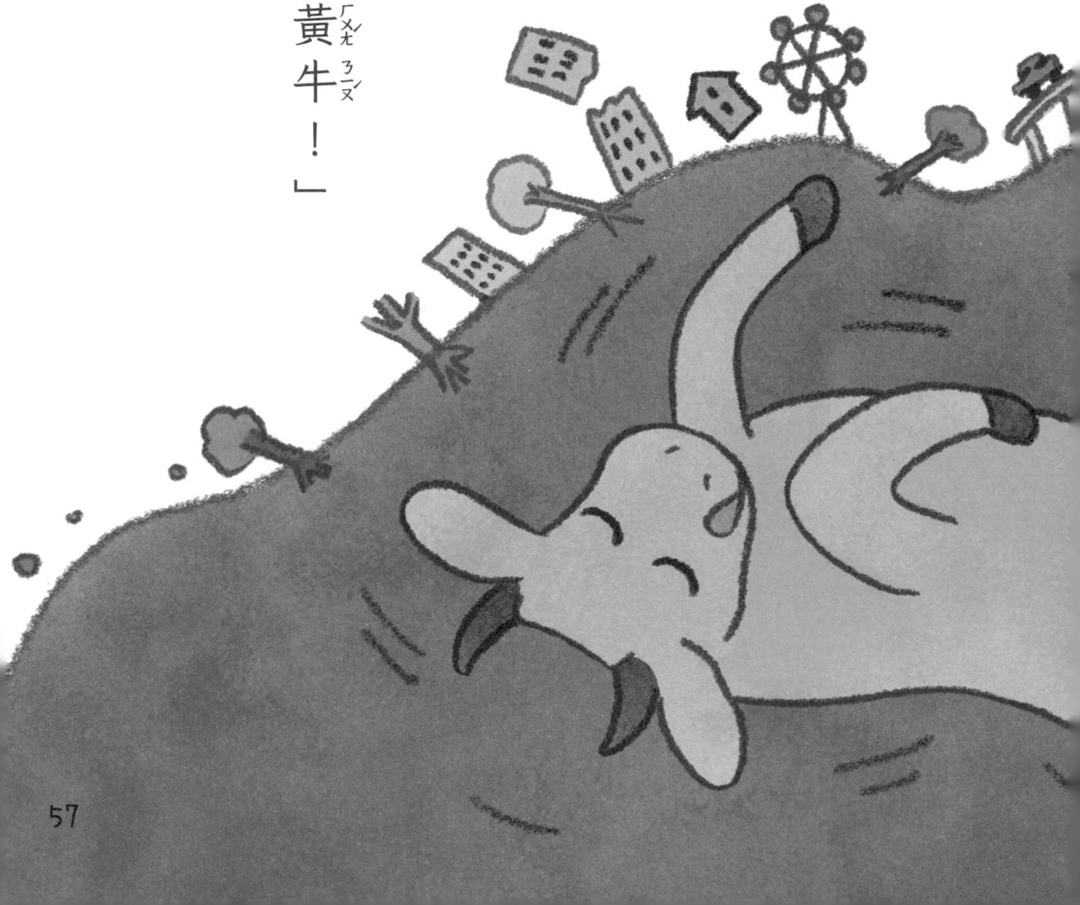

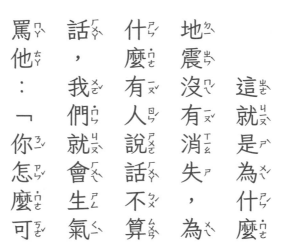

四

輪子先生

輪子先生好手好腳，卻天天坐在輪椅上。

因為他愛輪子，喜歡輪子，做什麼事情都離不開輪子。

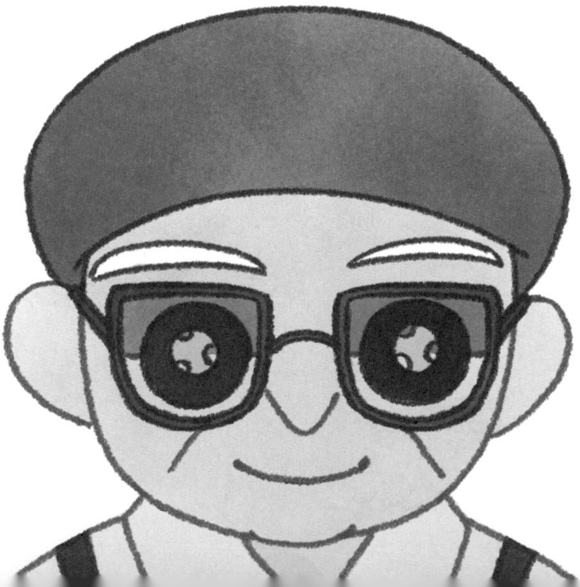

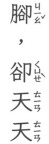

他的輪椅有超級馬達，跑起來不輸大公車，慢起來也能欣賞蝸牛散步。輪子先生出門坐輪椅，在家也坐輪椅，從臥室到書房，從客廳到廚房，根本不用起身。

別人開玩笑叫他「輪椅先生」，他總是一臉正經的糾正：「不不不，不是輪椅先生，是輪子先生。」

輪子先生愛輪

子，所有家具都裝上輪子。朋友每次來他家，發現擺設都不一樣。「很棒吧？」輪子先生一邊說，一邊又把沙發和電視對調方向；裝了輪子的家具，怎麼換位置都方便。

別人搬家，大車、小車，裝箱、拆箱好不麻煩。輪子先生搬家最簡單，家具不必打包，一毛錢也不用花。他只要鬆開房子底下的固定鈕，坐在頂樓上，握好方向盤，把房子開走就好，因為他早就在房子底下裝好了大輪子，整棟房子就像一輛大汽車，愛到哪兒，就到哪兒。

輪子先生去競選市長，保證讓城市「動起來」，結果多一票當選。

上任第一天，輪子市長就把戶

外的美術雕像，統統裝上輪子，輪流放在不同的角落或是住家門口，讓大家都能輕鬆欣賞。

第二年，他把所有的房子都裝上輪子，每個月的第一天成了城市的觀光節。房子搬家時，場面好熱鬧啊！

大大小小的房子，高樓、平房、透天厝，一棟一棟都動起來、肩並肩、交叉走，

一塊兒玩「大風吹」。
觀光客都睜大眼睛、
張大嘴，他們從來沒看過
「會動的城市」。

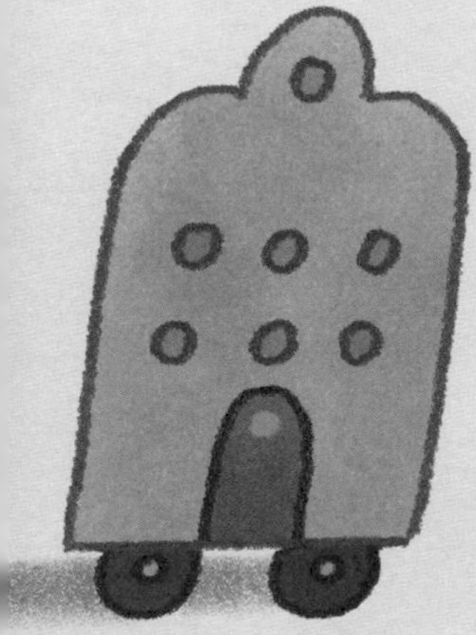

輪子市長去競選總統，立刻高票當選，因為全國人民都想「動起來」！輪子總統不負眾望，把所有城市通通裝上輪子。把北部的城市

調到南部，把南部的城市調到東部，東部的城市調到西部……所有的城市都重新分配，全國動起來，人人充滿希望，處處充滿活力！

輪子總統正想把國家所在的海島也裝上輪子，移到南半球時，突然生病住院。醫生檢查之後，搖搖頭說：「總統先生，您在輪椅上坐太久了，小腿退化，需要多運動，長期復健！」

輪子總統聽了很生氣，立刻換掉醫生。

可是他連續換了十位醫生，每位醫生說的都一樣。沒辦法，輪子總統只好退休下來，長期復健，收起輪椅，練習走路。

為了安撫輪子先生，輪子太太每餐都做壽司。圓圓的壽司，裹著黑黑的海苔皮，看起來就像輪子一樣，放在迴轉台上，真像一顆顆「會

動的食物」。輪子先生吃得好開心！聽說，他在動腦筋，想著復健好了，要開一家「輪子餐廳」，把全國的食物都變成圓圓的輪子形狀呢！

五

布布和龐龐

布布是一隻小猴子，龐龐是一隻老猴子。

布布喜歡找龐龐玩，龐龐也喜歡跟布布玩。

每一次布布來，都會幫龐龐抓抓背、搔搔癢。龐龐則會講他年輕時的冒險故事給布布聽，還會帶布布到大森林裡探險，摘最好吃的香蕉給布布吃。

日子邁著大步往前走。

布布長得越來越高，尾巴捲在樹枝上晃過來、盪過去，半小時也不累。可是龐龐卻變得越來越容易疲倦，在大森林裡走一會兒就休息。布布幫他抓背，龐龐總是說：「再抓一下，再抓一下——嗯，好舒服喔！」

龐龐不再幫布布摘香蕉了；他告訴布布哪一棵香蕉樹上結的香蕉最好吃。

日子翻著筋斗跑過去。

龐龐越來越懶得動，布布拉他到大森林探險，他只是微微笑，要布布幫他抓癢。問他哪一棵香蕉樹上的香蕉最好吃，他只是呼嚕嚕的隨便指著一棵樹。龐龐懶得吃、懶得動，成天都在打瞌睡。

「起來！起來！我們還沒逛完大森林呢。」布布叫他、推他、罵他，龐龐還是繼續打呼嚕。

有一天，布布又來找龐龐，卻發現龐龐的家裡空空的。「龐龐呢？龐龐去哪裡了？」布布問一隻大猴子。

大猴子說：「龐龐到天上去了。」

「騙人！龐龐走不動，怎麼到天上？」

「死神帶走他的。」大猴子說：「誰也不能

改變死神的決定。」

死神？布布砍下好多根樹枝，做成弓，磨成箭。他要去找死神，救龐龐。

布布爬上最高的山，爬上最高山上的最高樹。

他看到高高的天上有一扇門。

那一定就是天門！

因為死神在天門前對他搖搖頭。

布布咬咬牙，

用樹藤做了一根長長的繩圈，套住雲，爬上去。

布布從這朵雲盪到那朵雲，從最下面的雲盪到最上面的雲，越盪越高，越盪越高……終於盪到天門上。

「把龐龐還給我！」布布瞄準死神，死神只是微微笑，搖搖頭。

「咻！咻！咻！」布布射出一支箭又一支箭……

死神只是微微笑。箭落在他身上

就像雨水掉進湖裡，一下就融化了。

布布衝上前，

抓住死神，握緊拳頭

拚命打……

「把龐龐還給我！

把龐龐還給我！」

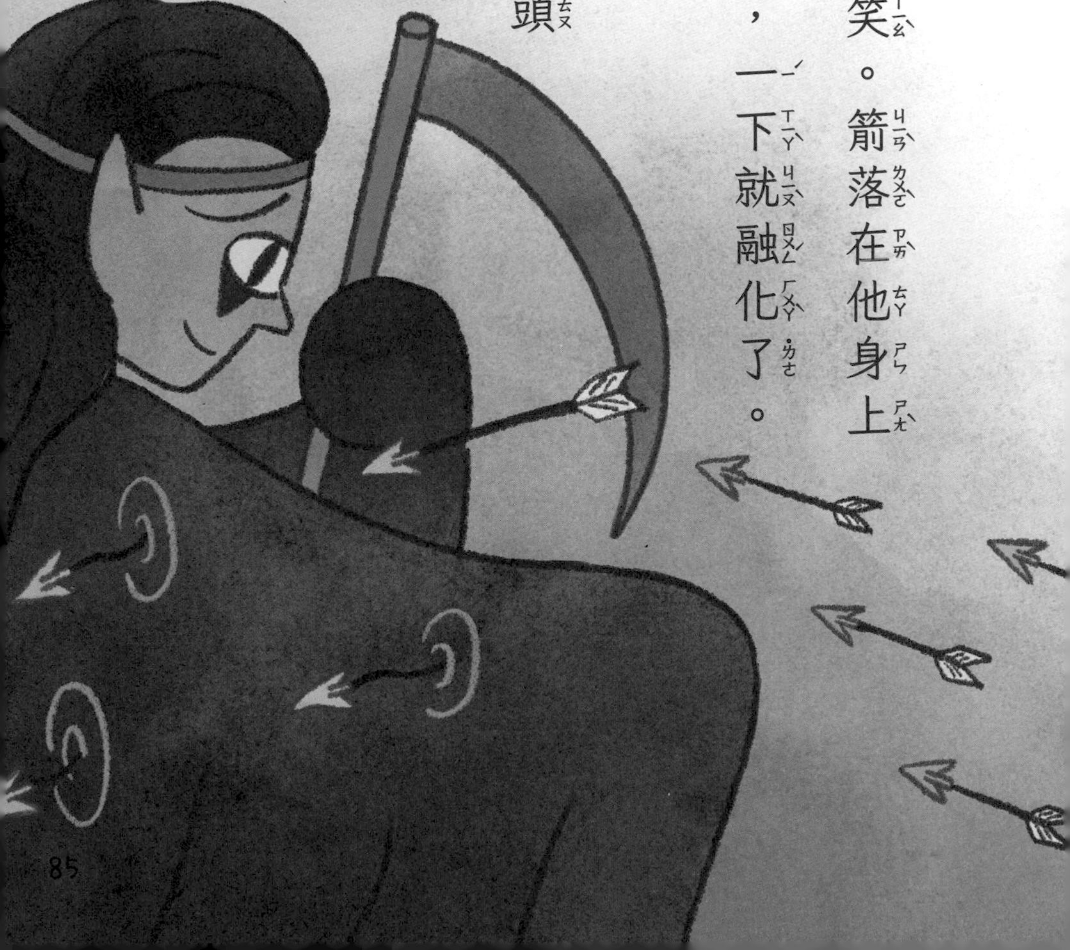

忽然，天門敞開，露出一道光，龐龐走了出來。

龐龐微笑的搖搖手：「布布，不要怪死神，是我請死神帶我來的。」

「什麼？」布布好驚訝：「為什麼？您不想跟我玩？不想讓我幫您抓抓背了？」

「想！好想喔。」龐龐瞇起眼睛說：「可是我老了，身體越來越重……

你看，我在這裡變得輕鬆多了。」龐龐說著翻了一個大筋斗，身手好靈活。

「那我留下來陪您！」布布說。

「不！你還年輕。」龐龐搖搖頭：「等哪一天，你也背不動你的身體了，

你再來。不過，到時候，你要說故事給我聽喔。」

「故事？」

「對啊！」龐龐說：「你的故事。而且，我們還沒逛完大森林，我好想知道大森林裡還有什麼新鮮事。你可以幫我繼續去探險嗎？我希望你以後來，可以告訴我大森林裡的故事。」

布布看著龐龐，流著淚，點點頭。

布布回到森林，繼續到大森林裡探險。他仔細看，用心感覺，努力記住什麼事情讓他開心大笑，什麼事情讓他傷心難過。

「我會好好生活，帶好多好多故事上去說給您聽。」布布抬起頭，對著藍天上的龐龐說：「不過，到時候就要換您幫我抓背了喔！」

作者的話

蹲下來，寫故事

林世仁

〈猜猜海洋〉？猜什麼？是人在猜？還是海洋在猜？

你猜對了嗎？

我很喜歡這篇故事，裡頭有一種遊戲的快樂。

書中的其他故事，也多有類似的趣味。只有〈布布和龐龐〉不一樣，那是我在父親離開那一年寫的。

這本書和《世界上最毒的藥》都是我在二〇〇三年開始創作的，它們在我的寫作生涯中，有著特殊的意義。

那一年，我搬回台中老家。有一天，在家門口散步，一群放學的低年級小朋友迎面走過來。我從他們中間走過去，彷彿大巨人穿過一片兒童汪洋。看著這些身高只在我腰部上下起伏的小朋友，一個念頭忽然冒了出來：「他們看得懂我以前寫的《十四個窗口》那樣的童話嗎？」

那一刻，我的視線降了下來，心裡一個小聲音說：我應該「蹲下來，寫故事」。很幸運的，《TOP945》雜誌正好來約我寫一些小童話，對象恰好就是中低年級的小朋友。

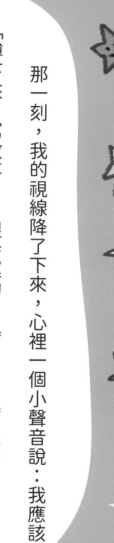

那時「橋梁書」的說法還不流行，但我已經開始藉由這些故事，一腳踏上它的橋頭了。這是我第一次寫作時，眼前有一個明確的兒童。

剛開始，我把當它當作「童話功課」，想著要怎麼寫，才能讓小朋友看得開心？我很簡單的設定了一個原則：「讓情節推動故事往前走」，只要跟情節無關的，統統放掉。於是，我不去苦惱文學的修辭，不去鋪陳情境，只練習把一個故事說得簡單，說得好。

慢慢的，我發現這些淺淺的小故事，底下的湧泉和過往寫的那些「有深度」的童話，其實是連結在一起的。它們都是「童話版圖」中的一塊塊小嵌片。

早期，我寫的童話大多是在版圖的邊緣，往外去嵌貼出更寬遠的領域。但那版圖的中心點卻是空的。這些淺淺的小童話，嵌補了那塊空缺。

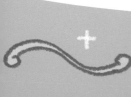

從那之後，我開始把寫童話當成一個「拼圖的過程」。不論故事是淺是深，是長是短，它們都讓我的童話版圖漸次成形。這個拼組的大圖像可能永遠不會完成，但卻會越來越趨完整。

就這樣，寫橋梁書成爲我童話的拼圖之旅中，很重要的一部份。這兩本書，便是第一個嘗試的結晶。它們比《字的童話》、《企鵝熱氣球》、《換換書》都更早啟動，可以說是我在中低年級童話創作中的領頭羊。

這兩本書的前身，原是合成一本的《愛搶第一的轟轟樹》，二〇〇七年民生報初版，二〇〇九年改由聯經出版。今年，編輯將它分成兩冊，在適讀量上更貼近小朋友的能力。我覺得這樣很好，祝福小朋友都能輕輕鬆鬆的享受一段讀故事的美好時光！

國家圖書館出版品預行編目資料

猜猜海洋 / 林世仁著 ; 阿文繪 . 初版 . 新北市 .
聯經 . 2023 年 12 月 . 104 面 . 14.8×21 公分(趣讀故事吧)
ISBN 978-957-08-7167-8(平裝)

863.596　　112018183

猜猜海洋

文｜林世仁
圖｜Arwen Huang 阿文
封面設計｜紀岱昀
內文排版｜蘇淑禎

叢書主編｜周彥彤
叢書編輯｜戴岑翰
副總編輯｜陳逸華
總 編 輯｜涂豐恩
總 經 理｜陳芝宇
社　　長｜羅國俊
發 行 人｜林載爵

聯經出版事業股份有限公司
地　　址｜新北市汐止區大同路一段 369 號 1 樓
電　　話｜(02) 86925588 轉 5312
聯經網址｜www.linkingbooks.com.tw
電子信箱｜linking@udngroup.com
印　　刷｜文聯彩色製版印刷公司印製
初　　版｜2023 年 12 月
I S B N｜978-957-08-7167-8
定　　價｜新台幣 320 元

行政院新聞局出版事業登記證局版臺業字第 0130 號